TACTIQUE

DES CANNIBALES,

OU

DES JACOBINS;

COMÉDIE EN UN ACTE ET EN PROSE:

Précédée & suivie de quelques morceaux ayant trait à la Révolution.

SECONDE ÉDITION,

Imprimée sur le Manuscrit non tronqué (daté du 2 Pluviose, an troisieme de la République , ou le 21 Janvier 1795) ; & corrigé , augmenté par l'Auteur.

Le temps présent est gros de l'avenir. LEIBNITZ.

A PARIS,

ET DANS LES AUTRES VILLES PRINCIPALES,

Chez LES MARCHANDS DE NOUVEAUTÉS.

M. DCC. LXXXXV.

AVANT-PROPOS.

LES Grecs dont l'imagination était si féconde, si brillante, si riche, prêtaient une vie, une ame, un sentiment à tous les objets qui les environnaient. = Les Romains, qui reconnaissaient moins de Mortels que de Divinités, avaient fait l'apothéose de *la Peur*. = Les Français dont la philosophie renonce à Dieu sans mépriser les allégories, ne sacrifient pas des victimes humaines à *Theutatès*, commé les Gaulois leurs aïeux ; mais ils ont un *Panthéon!* ils ont la statue de la *Liberté!* Et si elle n'est pas encore animée, ce n'est pas faute, certainement, de l'avoir arrosée, depuis cinq ans, du sang pur de l'*Egalité*. = Il est à remarquer que, dans ce dernier lustre, dans ce court éspace de temps, la France a produit plus de *Héros* que les Romains & les Grecs n'ont eu de grands hommes & de Dieux. Cependant si l'Histoire, ne

perdant pas le nom du moins illuftre *Ja-*
cobin , s'avife de comparer ces *Révolu-*
tionnaires aux *Eroftrate* , aux *Phalaris* ,
aux *Néron* , aux *Tigellin* , aux *Huneric*,
aux Calife *Omar* , aux *Malandrins* , aux
Maillotins , aux *Cabochiens* , aux *Ecor-*
cheurs , nous ne dirons pas que l'Hiftoire en impofe à la Poftérité ; mais qu'é-
tant écrite avec du fang & de la fange,
il eft naturel qu'elle conduife fes Héros ,
à travers fa fource, & par des voies jufqu'ici inconnues , à l'immortalité.

PRÉFACE.

L'AUTEUR de cet Opufcule, qui n'eft qu'une fimple *étude*, ne demande ni indulgence, ni févérité : il a mis la main à la plume pour achever de détromper une foule d'*anciens* Propriétaires fur les *Jacobins* & fur les fervices (1) qu'ils prétendent encore rendre à notre infortunée patrie. Les illufions n'exifteront bientôt plus : la *patrie* & le *patriotifme* font des mots, dont ces hommes, au-deffous de toutes les épithétes, ont abufé, parce qu'ils n'en connaiffent ni l'expreffion, ni le fentiment ; & que l'abjection de leurs éducations, de leurs idées & de leurs intérêts s'y oppofe formellement.

Cependant quelques *Jacobins* ivres, dans un club ou au cabaret, ufant de la licence de fe mêler des affaires du gouvernement, fans avoir même fu gouverner leurs propres ménages, ofent fe dire la *Nation* & dicter des loix ! comme fi une nation civilifée confiftait dans quelques garnements réunis, & qu'elle dût être dépourvue de têtes lumineufes & bien formées à la penfée.

Les ignorants (& certes ils font nombreux) ne conçoivent pas qu'une armée, même de gens de lettres, ne ferait point en état de compofer une page *de la conjuration de Venife*

---

(1) Les Jacobins font dans le cas de Domeftiques qui, chargés de l'adminiftration & de la furveillance du bien de leur Maître, après l'avoir pillé, ruiné, lui, fa femme & fes enfants, exigeraient, non-feulement de refter dans la maifon, mais encore des dédommagements pour n'avoir pas affaffiné toute la famille dont ils ont ravagé toutes les poffeffions, & fait périr tous les voifins. L'on parlait d'épurer les Jacobins ! le gibet, feul, eft le creufet où les brigands s'épurent.

on de l'*Esprit -des Loix !* Le vulgaire admire rarement
la qualité, il n'obferve que la quantité ; c'eſt plus à fa por-
tée, à fa convenance. Il croit donc, & c'eſt tout naturel,
qu'une nuée d'artifans poudreux, qui fe rend au club
des *Jacobins*, ou aux tribunes de la Convention, réunit
davantage de moyens qu'un homme de choix qui aurait
paſſé une partie de fa vie à méditer dans l'abſtraction
des ſciences & dans la retraite de fon cabinet. Néanmoins
cet homme aurait plus d'idées, les autres plus de paſſions ;
& ce n'eſt pas avec des paſſions qu'on établit un bon
gouvernement. Le vulgaire fe trompe néceſſairement
lorſqu'au lieu de fe laiſſer conduire, il prétend lui-même
diriger la portion inſtruite de l'Etat ; car il ne peut mettre
d'enſemble que dans la volonté de gouverner, & l'erreur
lui eſt fi fort conſacrée qu'il ferait malheureux, s'il était
poſſible qu'il ne fût pas trompé.

Mais puiſque l'erreur eſt le partage du peuple, ah !
ne lui laiſſons pas celle qui le rend cruel & féroce ; défa-
buſons-le des *Jacobins*, débarraſſons-le des chaînes de la plus
rude, de la plus inſupportable tyrannie, afin qu'il en chargé
fes enchanteurs, qui font auſſi fes bourreaux.

Tel eſt le but qu'on s'eſt propoſé dans cette petite pièce
tirée de la vérité des principes que *Robeſpierre*, fes adhé-
rens & leurs continuateurs ont adoptés. On a tâché d'y
conſerver, le plus ſcrupuleuſement, toujours leurs opinions,
& ſouvent leurs manières de les exprimer.

Si l'on obſerve que l'Auteur (qu'il ne faut point
chercher à deviner (2), parce qu'il n'eſt pas connu dans

---

(2) En 1593, il parut une édition de la *Satyre Ménipée*,
dans laquelle on remarque, avec autant de plaiſir que de ſurpriſe,
le Diſcours énergique, prononcé par un membre du *Tiers-Etat*
(aux Etats-Généraux), qui fait la cenſure la plus violente du moment où nous vivons ; les rapprochements ſont ſi frappants,

la littérature & qu'il ne veut pas l'être) , a mis des propos atroces , épouvantables, dans la bouche de certaines femmes , il répondra qu'elles ont bien mieux fait que d'en tenir , & qu'il n'eût jamais rien imaginé de semblable. Il a lui-même entendu de bonnes Bourgeoises de *Paris* , une entr'autres , vêtue de foie, en cornette de dentelles , &c. , demander à grands crands cris la tête de *Desprémenil* , le jour que les *Jacobins* l'affaffinaient :

» Et comme accoutumée à de pareils préfents (3) ! »

Perfonne n'ignore que s'il eſt des femmes très-vertueufes , il en eſt auffi qui ne gardent aucune mefure dans le crime ! les fcenes des tribunes , des places publiques & des rues en font foi. C'eſt la raifon pour laquelle les Grecs , qui font de grands modèles en plufieurs genres , n'ont pas oublié , dans la diſtribution qu'ils ont faite des emplois qui font dans les cieux & aux enfers , de ranger les Mufes , les Grâces , la Beauté , les Gorgones , les Furies & les Parques ; toutes du même fexe.

---

que j'invite mes lecteurs à fe la procurer. Il n'eſt pas douteux que l'Auteur de cet Ouvrage s'eſt moins occupé de préfager l'hiſtoire qui arrive maintenant, que d'écrire celle de la *Ligue* qui fe paffait fous fes yeux. Cependant il paraît qu'il a joui de la liberté d'exprimer fa penfée & de garder l'*incognito* , fans être tourmenté ni recherché par les *Ligueurs* ; mais les *Jacobins* font pires que les Ligueurs. Je défie qu'en aucun pays , & dans aucun temps., il fe trouve des êtres au-deffous des *Jacobins* ! Ils font le *maximum* de la dégradation humaine.

(3) Le Comte DE BARRUEL-BEAUVERT , qui s'expofa à être percé d'un coup de baïonnette pour avoir voulu fauver DESPRÉMENIL , qu'il ne connoiffait que de réputation , cria à cette femme , en plein Palais-Royal : *Pourquoi demandes-tu fa tête ; Bête féroce & démufelée ? Veux-tu la manger cette tête ?.....* Une telle apoſtrophe devait faire de l'effet ! Auffi convertit-elle un des affaffins , réputé Marfeillais , qui prit , dès ce moment , DESPRÉMENIL fous fon égide , & parvint à le fauver. Le reſte de cet événement eſt connu. » Je ne me trompe guère » en mes jugements ! C'eſt une dangereufe bête qu'une mauvaife » femme «. Lettre (datée de Mars 1588) d'HENRI IV à *Corifande d'Andouin* , veuve du Comte *Philibert de Gramont.*

Je le répète, je n'ai rien dit que beaucoup de femmes n'aient dit & n'aient fait, elles-mêmes, depuis le commencement de la révolution. Heureusement ces femmes-là ne sont pas les plus jolies, les plus spirituelles & les plus aimables. ══ J'aimerais bien qu'on vînt m'objecter que cette pièce, sans intrigue mais à caractères, ne peut pas se jouer sur le *Théatre français* ! Eh ! pourquoi n'y joueroit-on pas encore ce qui s'est passé ailleurs ? A cause des allusions ? N'en cherchez point ; il n'en existe pas : les Acteurs sont nommés, & jamais le peuple n'aura davantage besoin d'une aussi terrible leçon. Je veux qu'il soit épouvanté de sa propre image. Jeunes gens, que *Fréron* a électrisés, soyez courageux si vous voulez être forts; marchons ensemble : & songez à l'importance de traîner sur la scène les principaux chefs des *Jacobins* ! qu'ils y restent; qu'ils y soient à jamais l'exemple & l'épouventail du crime. Eh ! n'était-il pas permis, autrefois, d'y traduire pour de moindres choses les plus grands personnages de l'Etat, & de représenter la propre personne du Monarque, dans celle des Héros de la tragédie (4) ? Si je n'ai pas exprimé tout ce que j'ai pu & tout ce que j'aurais dû produire, c'est moins ma faute que celle de la licence, qui est le contraire de la *liberté*, & de la *révolution*, qui est opposée à la marche d'un gouvernement quelconque. Lorsqu'à travers les campagnes brûlantes de l'anarchie, nous courons, en divers sens, après cette précieuse liberté, qui nous fait tant haleter, qui nous épuise de toutes les façons, elle nous fuit comme une ombre vaine & légère, sans que nous puissions la saisir ! Il est vrai que notre sol n'est pas digne d'elle, & qu'il a bien besoin d'être purifié.

─────────────

(4) On sait que, sous le règne de Louis XIV, *Moliere* eut beaucoup de peine à faire représenter son *Tartuffe*, parce qu'on s'imagina qu'il avait désigné, dans ce grand caractère, un célèbre & puissant Magistrat : malgré cette difficulté, sa Comédie fut jouée. Si *Moliere* eût vécu de nos jours, il eût plus fait que de désigner les personnages qui lui ont donné la mesure idéale de tous les ridicules & de tous les vices ; il les eût nommés. Je l'imiterai en cela, sans prendre plus de liberté que les Journaux, qui ont fidélement rendu les séances de la Convention, des Jacobins, & j'ajouterai avec *Voltaire*, sans craindre aucun événement :

» Sifflez-moi librement ; je vous le rends, mes frères «.

Je ne crois donc pas, après tout ce que nous avons lu, vu ,
ou entendu , que perfonne s'avife de dire qu'une *comédie* qui
contient la femence & le développement de tant de forfaits ,
mis en préceptes & en exécutions , n'eft pas admiffible au
théatre. J'avoue que cette prétendue délicateffe, dans la circonftance où nous fommes , me paraîtrait d'un ridicule
plus amer que que ma pièce. J'aurais pu faire répéter
les fanglants repas d'*Atrée* & *Thiefte* , & de *Gabrielle
de Vergi* , ignorant les mets qui leur étaient offerts ,
& ceux des antropophages nationaux , qui , connaiffant
la nature & le prix de leurs affreux feftins , dévoraient
les cœurs , les membres palpitants des *Foulon* , des *Ber-
thier* , des *Launay* , des *Belzunce* !... Oui , je pourrais
faire renouveller ces orgies , fans qu'aucune femme ,
de celles qui n'ont ceffé de fréquenter les fpectacles ,
& qui , dans le temps le plus calamiteux , affichent un luxe
infolent (qui , à fon tour , les affiche , les dénonce pour
les femmes & les maîtreffes des *Jacobins*) , fans que
ces créatures , dis-je , parées des dépouilles des innocentes
victimes tombées fous le fer des bourreaux , aient lieu
de fe récrier qu'on ne les fert pas de leur goût !... A-t-on
envoyé une feule charretée d'infortunés , de tout fexe
& de tout âge , à l'échafaud ? Elles couraient à cette
comédie ! y envoyait-on un grand nombre de tombereaux ,
remplis de malheureux fortant de leurs prifons, comme
ils y étaient entrés , fans Jugement ? elles volaient les voir
paffer , puis couraient vîte pour les voir repaffer , & s'ar-
rêtaient enfin pour les voir égorger..... C'était une joie !...
une fête !... Et cette fête , cette joie revenait tous
les jours , plufieurs fois par jour , fans que ces femmes
fuffent plus laffes de ce manége que l'inftrument fatal
(la guillotine) ou les affaffins juridiques.

Quoi ! le mauvais principe eft donc l'Auteur du monde ?

ACTEURS.

Les Citoyens DUHEM, BILLAUD, CARRIER, CRASSOUX,
COLLOT-D'HERBOIS, ROBESPIERRE, CAMBON, LEBON,
BARÈRE, SAINT-JUST, MAIGNET, COUTHON (cul-de-
jate), VADIER, VOULAND, DAVID, PACHE (Maire),
HÉBERT, dit le *Pere Duchéne* (Journaliste), FOUQUIER-
TAINVILLE (grand Fermier de la République), HEN-
RIOT (Laquais-Général de la Garde nationale), SAMSON
(premier Commissaire des Impositions forcées), UN
GARÇON du Club (revêtu d'un tablier.)

ACTRICES.

Les Citoyennes CRASSOUX, LA CATEAU, LA BEAUTÉ,
LA JEUNESSE, LA VERTU, LA BONTÉ, LA DOUCEUR,
UNE VIEILLE.

PERSONNAGES MUETS.

Des Gardes nationaux ; quelques Ouvriers, quelques
femmes.

*La Scene est, à Paris, dans un Café-Club, souterrein &
suppofé mystérieux.*

Nota. La Maîtresse du Café, rouge & bourgeonnée, est
à son comptoir, élevé comme un trône, où viennent s'af-
feoir tour-à-tour les principaux Acteurs, presque tous en
bonnets couleur de sang, & mal vêtus, ainsi que les femmes.

Les uns boivent de la bière, de l'eau-de-vie & du café ;
les autres fument, jouent au *domino* ; d'autres enfin vont
& viennent, tels que les garçons servants.

TACTIQUE
DES CANNIBALES,
O U
DES JACOBINS;
COMÉDIE EN UN ACTE ET EN PROSE.

(*Le Théatre repréfente un Café, à la voûte duquel font fufpendus quatre bonnets rouges de fang, & un drapeau tricolor au bout d'une pertuifane. La tapifferie eft ornée de piques, de fabres, de poignards, de piftolets, de dagues, de couteaux, de faulx, de maffues, de canons, de bateaux à foupapes, de fagots, d'un réverbere, auquel pend une tête de femme, & d'une* guillotine, *qui furmonte une énorme pile de têtes de vieillards, d'adolefcents, de femmes & d'enfants.*)

SCENE PREMIERE.
D U H E M.

Enfin nous fommes en forces : profitons de la terreur que nous infpirons, après avoir déchiré toutes les loix civiles, religieufes, & lacéré toutes les inftitutions. fociales ; après avoir renverfé Trône, Autels, Nobleffe, Clergé, Magiftrature, finance, marine, commerce, agriculture, litttérature, beaux-arts ; lorfque nous avons brifé les tombeaux, difperfé les cendres des morts ; que nous

avons défarmé les hommes qui avaient des idées, des talents
& des poffeffions ; quand nous avons chaffé , difperfé , maf-
facré la plupart de nos ennemis naturels , & incarcéré
ceux qui , lents à fuir , n'ont pas pu fortir de la République, n'épargnons plus ces miférables : faifons croire
au peuple que s'ils étaient libres , & qu'ils vinffent à pré-
dominer, le peuple ferait perdu fans reffources ; que
des ruiffeaux de fang inonderaient les rues. Qui ofera
nous contredire ? N'avons-nous pas les Sans-culottes
& les Journaliftes à notre difpofition ? Ces derniers ne font-
ils pas refponfables fur leurs têtes de la propagation de nos
principes ? Nous favons bien que nous ne tromperons point
les gens éclairés, qui ne font pas d'accord avec nous !... Mais
que nous importe ? Travaillons-nous pour des favants ?
Ont-ils la liberté d'écrire, de parler ? Entreprendraient-ils,
impunément , de défabufer le troupeau que nous voulons
diriger & que nous devons conduire ! il ne peut
fe paffer de pafteurs, & ces pafteurs nous le fommes ;
puifque la Nation , non point penfante, mais agiffante,
nous a choifis. Portons-nous donc en foule aux *Jacobins*,
à la Convention ; falarions les tribunes ; falarions des ora-
teurs dans les groupes, falarions les folliculaires dans leurs
galetas ; ne négligeons aucun moyen pour conferver notre
domination. Emparons-nous , pour nous & nos amis,
de toutes les places , dignités , emplois, vaquants ou à va-
quer... (*Bravo*) ! J'ai déjà fait mon berger juge de paix,
mon cordonnier général , mon tailleur miniftre, mon
portier premier commis des finances. (*Bravo ! Bravo !*)

Accufons ceux qui ne s'expriment pas dans notre fens,
d'être des ariftocrates , des royaliftes , des fcélérats ;
imaginons qu'ils tentent des confpirations , même dans
les innombrables baftilles , où ils ne peuvent communiquer

entr'eux, & pendons, guillotinons, brûlons, lapidons, empoisonnons, noyons, fusillons, écorchons, anéantissons tous ces monstres..... Ecrasons tous ces vils reptiles.... Régnons ; & qu'un de nous, secrétement, daigne nous commander. (*Il regarde Robespierre, & tout le monde jette les yeux sur* Robespierre.... *Applaudissements redoublés, pendant lesquels* Duhem *s'essuie le visage*).

Robespierre.

On ne saurait s'exprimer avec plus de clarté, de graces, de logique, de philosophie & de patriotisme que notre illustre confrère *Duhem.* Je veux bien être votre commandant en secret ; mais il faut, avant tout, que vous trouviez bon que j'enrichisse la langue française, en la chargeant de mots nouveaux, afin que ces nouvelles expressions offrent de nouvelles idées, & celle-ci de nouveaux résultats. Je prétends, par exemple, changer l'acception que l'usage a donné sous les despotes, qui nous ont précédés, à *probité, vertu, honneur, courage, reconnaissance,* &c. l'homme le plus reconnaissant, sera celui qui, au nom de la patrie, sacrifiera son ancien protecteur ; le plus probe, celui qui, pour la République, *une ou partielle,* le dépouillera de son bien ; le plus honorable, celui qui aura la magnanimité d'enhardir les timides, en se vantant de cet exploit ; le plus courageux, celui qui soulevera contre lui le peuple indifférent ; le plus vertueux enfin, celui qui, pour peu qu'il le soupçonne opposé aux principes immuables des *droits de l'homme* & de notre constitution, le tuera de sa propre main. (*Bravo ! Bravo !.... ensemble & de toutes parts*). Je me charge de recréer le vocabulaire, lorsque mes occupations me le permettront. Nous jetterons au peuple des idées abstraites qu'il n'entendra pas ; nous lui parlerons de l'*Être-Suprême*, qu'il ne connaît pas ; nous l'entretiendrons de la Divinité dégagée de surveiller ses propres ouvrages ; &, nous débarrassant par-là de tout culte, de tout respect, nous lui prouverons que nos témoignages d'amour lui sont inutiles, qu'il les méprise, & qu'ils entraîneraient encore le fanatisme. Nous réformerons le calendrier, le nom des années, des mois, des semaines, des jours : en place d'*Augustin*, d'*Ambroise* ou de *Jérôme*, nous mettrons *chou*, *navet*, *raisin*, *orge*, *abeille*, *échelle* ou *fourche*. Nous prendrons, à notre volonté, les surnoms qui nous sont transmis par l'histoire romaine ; nous la parodierons, s'il le faut. Nous établirons des cours de morale, de philosophie & de politique, après avoir incendié les bibliothèques & les titres de propriété surannée.

Les artisans sortant de leurs atteliers, les agriculteurs quittant leurs charrues, pour profiter de nos sublimes leçons, se croiront le premier peuple de l'univers, & soutenus par le plus noble enthousiasme, ils deviendront, souvenez-vous-en, plus recommandables, plus heureux que les Crétois, les Spartiates, les Athéniens, les Carthaginois, les Romains...... (*Applaudissements très-bruyants*).

SAINT-JUST.

Robespierre est admirable dans ses conceptions. Je dirai, comme *Barere*, il est inimitable. Foi de *Saint-Just*, la majesté de son éloquence m'en impose. Je pense, chers collègues & citoyens, que nous n'avons rien de mieux à faire que de seconder son zèle, de nous traîner laborieusement, de loin en loin, sur ses traces, de faire adopter en tout point sa doctrine, & de jurer, à nos propres confciences, que nous ne pafferons point de jour fans avoir commis quelque action patriotique. (*Bravo ! Bravo !*)

BARERE.

·, Le nom feul de *Robefpierre* eft un éloge magnifique & pompeux. Rival heureux de *Marat !*... Le premier enfant que j'aurai n'aura pas d'autre furnom que *Robefpierre*, celui de *Vieuzac* tenant trop à l'ancien régime. (*Bravo !*) Mais ne perdons pas de vue, admirables Légiflateurs, citoyens & citoyennes qui me prêtez une attention bénévole & flatteufe, l'important objet qui nous raffemble ici, qui nous réunit encore ailleurs, qui nous anime par-tout. Je vous recommande de vous tranfporter ce foir à la Convention nationale : j'ai un grand rapport à y faire fur nos armées, toujours triomphantes, & fur les rebelles de la *Vendée*, toujours détruits... DIXI ; ET FACTA SUNT. (*Applaudiffements.*) Vous verrez (*en fouriant*) que nous n'aurons perdu que le petit doigt d'un feul de nos frères d'armes !.... car il ne faut pas décourager ceux qui reftent, & que nous voulons envoyer combattre pour nous, vrais *Jacobins*, qui fommes la patrie.

(*On éclate de rire. Bravo ! Bravo ! Bravo !*)

COUTHON (*gravement.*)

Ce rapport fera fuperbe ; nous l'avons arrangé ce matin, en déjeûnant avec *Barere*, chez *Léopard-Bourdon*. Mais je crains que la Vendée ne reffufcite, & que fa réfurrection ne nous donne du difcrédit ! Si l'on s'avifait de croire que c'eft toujours la même armée ! En tout cas nous la débaptiferions.... Ne favons-nous pas faire de plus grands prodiges ? Cependant il a failli m'en coûter cher à *Clermont* , lorsque ,' par un peu de charlatanisme , je fis une levée en masse de tous les habitans du *Puy-de-Dôme*, pour les envoyer contre les révoltés de *Lyon !* Je ne pouvais fuir , à cause de mon infirmité ; & des femmes , inciviques autant qu'inciviles , voulaient m'assommer ! Heureusement une voiture d'assignats , que je traînais à ma suite , calma cet orage & donna le temps de me lancer dans la berline que j'avais fait enlever de la remise d'un *ci-devant* Comte ; je fus traduit lestement auprès de vous..... (*Rire & applaudissemens prolongés.*) Je ne vous ai raconté cette petite anecdote , que pour vous prouver qu'il serait dangereux de gouverner le peuple , & par conséquent de le tromper , si nous n'avions une multitude d'assignats pour couvrir nos supercheries politiques. (*Bravo ! Bravo !*)

VOULAND.

Les assignats , trop multipliés , comme les billets de *Law* , peuvent finir par perdre leur valeur idéale , si nous ne cherchons quelque remède à cet inconvénient. Nous n'avons pas de meilleur moyen que de faire vendre , par petits lots , à la suite du bien du clergé & des émigrés , ceux des condamnés à *mort* ou à la *déportation* , & de faire déporter tous les riches (5). La Nation , héritant toujours de qui elle veut , toujours revendra , à qui elle pourra , la même portion d'héritage (*Bravo ! Bravo ! Bravissimo !*)

---

(5) On est sûr que *déporter* c'est jetter les prévenus d'*aristocratie* dans des bateaux , qui , une fois remplis , deviennent sans fond , au moyen d'une soupape qu'on lève avec une paisible fureur , & très-commodément , pour exécuter les *noyades.*

CAMBON.

CAMBON.

Je ne fais pas pourquoi *Vouland* fe tracaffe l'efprit fur l'affaire des affignats ! Ne me regarde-t-elle pas uniquement ? N'en fuis-je pas feul refponfable ? Tout ce qu'on imaginerait à ce fujet, rentrerait d'ailleurs dans les plans de finance, que j'ai communiqués fans précaution à nos comités, & rédigés avec plus de luxe & plus d'art à la Convention, étant d'avis qu'il faut dorer la pillule qu'on veut faire avaler au peuple. C'eft un enfant gâté qu'il importe de favoir corriger & careffer ! Il ne manquera ni de récompenfe ni de fouet. (J'ai le droit de penfer tout haut, quand on s'avife de tout dire contre moi, & de faire paffer mon nom en proverbes ! (6)) Cependant, malgré l'énorme émiffion qui s'eft faite des affignats ; malgré leur diftribution prodigieufe qui fe multiplie chaque jour, publiquement & fecrétement, leur garantie eft fûre, impétiffable.

Confultez notre grand Fermier *Fouquier-Tainville*, & *Samfon*, notre premier Commiffaire aux impofitions forcées, que voilà. (*Il les défigne. Les autres fe lèvent & fe raffeyent.*) Ils vous affureront, comme moi, que les efpèces ne manquent point en France. (*Les autres difent enfemble :* C'eft vrai) ; qu'on ne ceffe d'en battre d'une façon à la Monnoie, d'une autre à la place de la Révolu-

---

(6) Le public aurait voulu, par reconnaiffance, que *cambonifer* devînt le verbe auxiliaire de *voler* ; mais des Grammairiens moins fenfibles, & peut-être moins intéreffés, ont prétendu qu'il fallait fe contenter de ranger les mots *voler* & *cambonifer* parmi les fynonymes.

B

tion. La planche de la *Guillotine* eſt , à *Paris* & dans tous les Départements , la meilleure planche aux aſſignats. (*Fouquier* & *Samſon* répetent encore : *C'eſt vrai.*) Gardez-vous d'en douter ! (*Bravo ! Bravo !*) D'ailleurs n'avons-nous pas tout le territoire de la République , toute la Belgique , tous les pays conquis , qui ſervent de caution à notre papier ?... (*Applaudiſſements.*) Nous avons perdu les Colonies & l'iſle de *Corſe* : nous les recouvrerons , & nous envahirons de plus , par le ſecours des ſociétés affiliées aux *Jacobins* , & par notre ſyſtême de terreur , les royaumes de Pologne , d'Angleterre , de Sardaigne , de Naples , de Pruſſe , d'Eſpagne ; enſuite l'Allemagne , la Hollande (7) , la Ruſſie , & finalement les quatre parties du monde ! J'en ſuis très-convaincu. Alors quelle immenſe garantie ! Toutes les loques dont la France eſt couverte ne ſuffiront plus à la fabrication de la monnoie que nous mettrons encore en circulation. Conquérants , ſans efforts , d'un bout de la terre à l'autre , je.....

---

(7) La Hollande n'était pas au pouvoir de notre République , lorſqu'on écrivait cette *Comédie;* & la Pologne , que les Jacobins ont fait révolter , n'était point ramenée à l'ordre , par les ſoins de l'illuſtre CATHERINE II , & diviſée , par ſa puiſſance , entre pluſieurs Souverains. Les Pariſiens , que les rapports du citoyen *Barere* à la Convention ont rendu plus défiants ſur toutes ſortes d'avantages , ne ſavaient qu'imaginer de l'entrée de nos troupes dans *Amſterdam* : une femme du peuple leva le doute , en diſant : *L'on nous annonce la priſe de la Hollande , mon beau-frère , qui vient d'être fait Caporal ou Général , nous a auſſi mandé cette nouvelle ; mais il a haſardé , au riſque d'avoir la tête coupée , d'ajouter qu'on n'avait rien trouvé dans ce pays-là ! Ce n'eſt pas le Pérou.*

ROBESPIERRE (*l'interrompant*).

Le projet d'envahir toute la terre habitée m'appartient, (*Applaudiffements.*) Nos propagandiftes, c'eft une chofe reconnue, font plus de conquêtes à la République que nos armes. On les appelle généralement des déforganifateurs, des fcélérats, des monftres! Mais nous fommes convenus d'appliquer différemment ces épithétes, devenues honorables, comme celles de fans-culottes ; & rien ne doit décourager ni faire rougir de bons *Jacobins* : rien ne peut les flétrir. Il s'agit... (*Bravo !*) Paix-là. Il s'agit d'entretenir une correfpondance bien chaude & bien régulière avec tous les Clubs de la République ; de les épurer encore ; de leur faire prêter de nouveaux ferments ; de les obliger à payer une contribution pour refferrer les liens qui les uniffent à la Société mère ; & celle-ci leur diftribuera, en échange, toutes les places qui feront dans leurs Départements, ainfi que l'a obfervé DUHEM.... (*Bravo ! Bravo!*) Au furplus, je veux que chaque récipiendaire, lettré ou illéttré, protefte, d'abord, contre tout ce qui n'a pas été difcuté aux Jacobins, & tout ce qui n'eft pas émané de cette fociété ; qu'il s'engage à fuivre aveuglément tous les ordres qu'il en recevra, tels que de piller, voler, affaffiner, incendier, fi nous le jugeons convenable à l'affurance de notre double empire ; qu'il jure de repouffer de toutes fes facultés morales, s'il en a, phyfiques, pour peu qu'il en ait, l'autorité qui n'émanerait pas directement ou indirectement des *Jacobins*, fource naturelle de pouvoirs d'un gouvernement démocratique ; qu'il ne faffe aucune difficulté de foulever le Peuple, de l'ameuter, & d'être rebelle, s'il y eft invité, même contre une partie de la

Convention. La rebellion, ordonnée par les *Jacobins*, sera toujours traitée d'insurrection, & l'insurrection, comme cela a été décrété, est le plus saint, le plus sacré de tous les devoirs….. (*Grands applaudissements prolongés.*) Enfin, j'entends que le récipiendiaire, pour sceller les nœuds qui l'attacheront irrévocablement à la cause des *Jacobins*, sacrifie dans l'occasion, son père, sa mère, ses frères, ses sœurs, sa femme, ses enfants, ses amis ; qu'il les dénonce, tous ensemble, si c'est nécessaire, & termine son aggrégation par boire, sans hésiter… (*Robespierre renforce sa voix & crie :*) Du sang humain. (*Bravo !* *Bravo !... Applaudissements mêlés de* Bravos !)

La citoyenne CRASSOUX (*se levant, elle & ses compagnes.*)

Nous en boirons aussi ! cheres sœurs, *la Cateau, la Beauté, la Jeunesse, la Vertu, la Bonté, la Douceur !...* Qu'en dites-vous ?...

(*Toutes les femmes, simultanément :*) Oui, oui.

La citoyenne C R A S S O U X.

Qu'on nous verse du sang !

(*Les autres reprennent :*) Du sang ! Du sang !

(*La femme* CRASSOUX *continue :*) Qu'on nous en donne ! Nous en voulons ! Il nous en faut. (*Terribles applaudissements !*)

P A C H E.

Calmez-vous ; taisez-vous ; écoutez-nous : vous en aurez. (*Bravo ! Bravo ! Bravo !*) Quelques visites domiciliaires , quelques arresta ions aux spectacles , chez des Restaurateurs , dans les promenades , dans les rues , comme les avoit imaginées mon vertueux prédécesseur , l'immortel *Pétion* ; je vous réponds que vous aurez du sang & du bon , plus que vous n'en pourrez boire !... Paix. (. *On applaudit singuliérement , en jettant les yeux sur* Robespierre *qui donne , avec affectation , un ordre secret à un Garçon du Club ; celui-ci répond :* C'est bon ; cela suffit. *Et il sort.*)

SCÈNE II.

D A V I D (*regardant tendrement les femmes.*)

Je voudrais pouvoir peindre ce groupe estimable , pour faire oublier le tableau de l'infame aristocrate *Charlotte Corday* (8) ! O ma palette ! ô mon pinceau ! vous n'auriez jamais été plus dignement occupés. (*Bravo !*)

V A D I E R.

Je soutiens , moi , ou je ne suis pas *Vadier* , que tout cela ne sert point à grand'chose , si nous ne passons des

---

(8) Cette fille , exaltée par & pour le républicanisme , tua le divin *Marat* , en le prenant au mot sur ses exhortations journalières au tyrannicide. Mais un *petit* Décret des *Jacobins* & beaucoup d'argent envoyé dans les fauxbourgs de *Paris* , trop considérables ou trop pauvres , *mirent en délire* presque toute la nation ! *Marat* eut des autels. Tandis que le Marquis de *Lafayette, Général, Bailly,* Philosophe , Académicien & Maire 1 , *Pétion* , garçon Pâtissier , Avocat & Maire 2 , *Dumouriez* , Officier subalterne , intrigant , Ligueur & Ministre constitutionnel du Roi , n'ont obtenu que des tréteaux , l'exil , la prison & l'échafaud ! Mais il faut être justes , ces derniers n'étaient que des *demi-Dieux.*

B iij

propos à l'exécution. Tant que les soixante-treize Dépu=
tés, qui sont aux fers, ne seront pas guillotinés, nous
n'avons aucune certitude que notre *sainte Montagne*, que
des insolents, des frippons, nomment dérisoirement
la Crête, l'emportera sur *la Plaine*, infectée par le marais (9). Tuons, tuons. Massacrons, massacrons. Que
la terreur règne sans fin avec nous. La terreur, toujours
la terreur.... Nous ne nous soutiendrons qu'à force de for=
faits ! (*Applaudissements.*)

R O B E S P I E R R E.

Dis donc de vertus, Animal ! (*Applaudissements très=
redoublés.*)

C A R R I E R.

Je serai votre fidèle écho. Je suivrai ponctuellement vos
préceptes. Je vous reconnais pour mes frères, &, qui
mieux est, pour mes instituteurs & maîtres. Si vous
m'envoyez au Département du *Gard*, à *Nimes*, à *Bagnols*,
je serai supérieurement secondé par le Procureur-général-
syndic *Teste*, par les *Charrier*, *Martial*, *Sauzède*, *Vermale*,
& même *Meyère*, quoique je l'aie fait nommer, *à Paris*, Juré
de notre ami *Fouquier*. Ce sont de nos gens, qui ont fort bien
monté l'esprit des Protestants contre les Catholiques, les No-
bles, les Prêtres, les Bourgeois, les Négociants, les riches,
& les *ci-devant* hommes d'esprit, & les gens de loi de l'ancien régime. = Dans la *Loire-Inférieure*, à *Nantes*, j'ai

---

(9) On connaît les allusions de *Montagne* ou *Crête*; elles
signifient la partie de la salle de la Convention nationale qu'on
nommait le *Côté-gauche*, dans l'Assemblée constituante : *Plaine*
& *Marais* sont le *Côté droit*. Toutes ces billevesées, la dé-
nomination honteuse de Sans-culotte, &c., ont fait commettre
des horreurs, des milliers d'horreurs, depuis qu'on prend les mots
pour les choses; & *vice versâ.*

les *Grand-Maifon*, les *Robin*, les *Goulin*, les *Joli*, & une foule d'autres braves brigands (10). = Dans le Département du *Bec-d'Ambès*, à *Bordeaux*, nous avons le petit *Mittié*; qui donne de grandes efpérances !... Voyez, vîte; difpofez de moi. Je me fens dévoré du defir de brûler des villes, des châteaux, des hameaux; de réduire en cendres tous les repaires de l'ariftocratie, quelque part où ils fe trouvent... (*Bravo !*) Notre collègue & mon ami *Francaftel* fuivra mon exemple, à *Angers*; dans les environs; à la *Vendée*. Nous ferons des *mariages républicains*, en noyant de jeunes garçons, nus, attachées fur de jeunes filles nues. Nous embrocherons des enfants, avec des baïonnettes; malgré leurs vagiffements, nous les mangerons palpitants !... Tout couverts de carnage & de fang, nous danferons la Carmagnole..... (11) (*Bravo ! Bravo ! Bravo !*)-

---

(10) C'eft ainfi que s'intitulaient glorieufement & orgueilleufement les affaffins de la glacière d'*Avignon*. Quand on a pouffé à bout l'héroïfme, on a ufé toutes les épithétes; mais toutes les épithétes font bonnes, ou pour mieux dire, on n'en a plus befoin.

(11) Les ROUINTONS, *révolutionnaires* des déferts de l'Amérique, ont auffi leur Carmagnole. Ils la chantent en mefure, ils la danfent en cadence, avant de fendre le crâne des victimes humaines que leur eftomac engloutira comme un tombeau. De même que les Français, ils ont leurs *plaifanteries*; ils appellent l'opération d'ouvrir la tête, pour manger la cervelle : *faire la chevelure*. Mais ces victimes qui voient leurs féroces ennemis danfer en rond, autour d'elles, qui entendent leurs bouches fanglantes chanter des paroles barbares, & pouffer horriblement des cris, des cris-de-joie, ces victimes ne font pas de la même contrée.....

LEBON (*avec un ton plein de douceur.*)

Je jure d'en faire autant. (*Applaudi*). Que les aristo-
crates ne se fient point à la bénignité de mon nom
& à la faiblesse de mon organe !.... (*Applaudissements.*)

MAIGNET (*d'une voix sonore & forte.*)

Et moi aussi, je le jure. Envoyez-moi vers les Bouches-
du-Rhône, à BÉDOUIN ! (*Bravo ! Bravo*) !

COLLOT-D'HERBOIS,

Nous faisons tous le même serment. (*Toutes les voix :*
Oui ; oui.). Les mesures les plus acerbes sont les moins
dangereuses. *Lyon* est le théâtre de mon ambition. Je veux
qu'on dise sur les ruines de ses superbes monuments ,
comme sur celles de *Carthage* : elle exista ; elle fut opu-
lente... C'est delà que vous entendrez parler de moi ;
que mon nom retentira dans tout l'univers étonné , &
passera, j'ose le dire , à la postérité la plus reculée,
(*Bruyants applaudissements.*)

CRASSOUX,

Envoyez-moi dans quelque Département que ce soit,
peu m'importe, pourvu que vous ayiez soin qu'on *ménage*
ma femme, dans mon absence. Puisqu'il faut au Peuple
du fanatisme , je lui en donnerai ; mais ce sera celui
de notre religion républicaine ; le renversement des autres
principes religieux. (*On rit. Bravo*) ! Je vous promets
d'échauffer encore les sociétés populaires , & de faire
aller tout le monde *au pas* : mon discours est tout prêt

& je le fais par cœur : mais je demande que *Carnot*, *Duroi*, *Prieur*, *Lindet*, *Oudot*, *Jagot*, *Lecointre*, *Fouffedoire*, *Louis* [*du bas Rhin*], *Guiton*, *Lacombe-faint-Michel*, *Efcudier*, *Lecarpentier*, *Rewbel*, *Huguet*, *Edouard* [*de Dijon*] *Milhau*, *Goujon*, *Choudieu*, *Granet*, *Moyfe-Bayle*, *Gayvernon*, *Louchet*, *Dupin*, *Elie-Lacofte*, *Baffal*, *Duval*, *Amar*, *Fouché*, *Thirion*, *Thuriot*, *Châles*, *Ruamps*, *Taillefer*, *Maribon-Montaut*, *Gafton*, *Levaffeur* [*de la Sarthe*], *Audouin*, *Lefage-Senault*, *Fayau*, *Albitte*, *Javogne*, *Hentz*, *Pons* (*de Verdun*), *Alard*, *Meaule*, *Romme*, *Borie*, *Lefiot*, *Antonnelle*, & autres membres de la Montagne, ou de la Crête, foient les feuls que l'on envoie dans les Départements, fans oublier *Target* ; un des vénérables & malheureux pères de la révolution. Ils ont fait leurs preuves ! ils favent que nous les connaiffons ; ils ont dévoré toute honte : ils révolutionneront fans ceffe. (*Longs applaudiffements.*)

HANRIOT.

Craffoux donne les moyens de faire infurger, au befoin tous les Départements, & moi *Paris* ; c'eft mon affaire. Avec mon habit de Général, entouré de mes Aides-de-camp, je fuis affuré d'un nombre infini de fans-culottes, habitants des fauxbourgs. Je fuis né dans la boue, comme eux ; avec un peu d'eau-de-vie, quelques bouteilles de vin, & des affignats, j'en réponds, corps pour corps. Mais il ne faut pas que le caiffier-général nous faffe faux-bond ! (*Applaudi.*)

HÉBERT.

Et mon journal ! *le Père-Duchêne*, le comptez-vous pour rien ?... Croyez-vous que je n'influe pas, à mon gré, sur l'opinion publique ?... Je suis bien payé, à la vérité, mais je gagne bien mon argent. Tout en jurant, comme un renégat, tout en parlant le langage de la *ci-devant* canaille, je mène les *Souverains* sans sujet, & je les oblige d'adopter les opinions qui nous conviennent. Demandez à *Fouquier-Tainville*, si ma feuille n'a pas entraîné, par des dénonciations bien appliquées, la culbute, par la petite fenêtre (12), de plus de quinze cents rentiers de la République, portés sur son grand livre.

---

(12) Les Français d'aujourd'hui qui se permettaient de plaisanter sur le sort des malheureuses & innocentes victimes, à qui l'on allait couper le cou sans aucune forme de procès, en répétant avec les Folliculaires *Hébert*, *Lebois*, *Audouin* & autres : *Ces gens-là vont mettre la tête à la fenêtre ; ils vont jouer à la main chaude ; ils vont saluer la statue de la liberté ; ils vont éternuer dans le sac ; ils vont être racourcis, &c.*, sont ceux, & arrachons le voile de l'Histoire, qui disaient, après avoir mutilé, par les ordres & les libéralités du Duc d'ORLÉANS, l'infortunée Princesse de LAMBALLE : *son noc baille ; bourrez-le de paille. Ça ira ; dansons la Carmagnole, &c.* La Bouquetière du Palais-Royal, attachée nue à un *arbre de la liberté*, dans la cour d'une prison, le 2 Septembre 1792, fut un *chandelier* vivant, à double bobêche & *national* !.... C'est à cette affreuse & nouvelle maniere d'illuminer que les Galériens de *Toulon* & de *Marseille* continuerent, pendant la nuit, les massacres commandés & payés... *Bons* Parisiens ! le poignard du Cardinal de *Retz* était son bréviaire, suivant vous, & les poisons de la *Brainvilliers* de la poudre de succession !... *Voltaire* a eu raison d'appeller les Français des *Tigres-Singes*.

Malgré cela, on prétend que je ferai abandonné, facrifié à l'efprit de divifion que la majorité de la Convention cherche à fomenter parmi nous ! (*Toutes les voix* : Ne le crois point ! ne le crois pas). Je n'en aurai pas moins fait mon devoir ; je ferai toujours fort de ma confcience. (*Bravo ! Bravo !*)

R O B E S P I E R R E (*d'un air faux.*)

Nous ferons indivifibles , fi vous continuez à fuivre mes avis ; nous ferons plus ;.... immortels comme les *Hercule* , les *Théfée* , les *Pirithoüs* , après avoir combattu l'Hidre de Lerne , les brigands & les efclaves, qu'ils foient ou non coalifés ! (*Bravo ! Bravo !*) Oui, nous leur ferons mordre la pouffiere , & ils ne s'en relèveront jamais... (*Couvert d'applaudiffements , dont il femble devenir fier*). Mais depuis quand un *Jacobin* , députe , s'avife-t-il de témoigner des craintes fur ce qui peut lui arriver , pour avoir fait marcher le char pompeux de la révolution ? Ne courons-nous pas , tous , la même carrière ? Ne partageons-nous pas , tous , les mêmes dangers ? N'avons-nous pas , tous , également , fuivant nos moyens , vifé au bien général ? Et , fi de grands intéréts partiouliers ont été froiffés , dans notre élan patriotique, devons-nous , individuellement , en être refponfables ? (13) (*Applaudi à tout rompre.*)

_____

(13) On était loin de prévoir que *Billaud* , *Collot* , *Barere* , pour avoir *un peu trop* ufé des pouvoirs révolutionnaires qui leur étaient confiés , feraient un jour mis en jugement par leurs propres confrères ; mais ce qui furprend plus que cet acte préparatoire de juftice , c'eft la nouveauté & la variété des moyens qu'ils emploient pour fe défendre : ils ont recours aux chefs d'accufation , revêtus de la circonftance !

La vérité de ces tableaux fait peur.

BILLAUD.

En révolution, il eſt impolitique de regarder derrière ſoi. Nous ſommes trop avancés pour reculer ! Ce n'eſt que dans des flots de ſang & ſur des remparts de cadavres, que nous pouvons nous ſauver, nous, & l'état inſéparablement lié à notre propre intérêt & à notre conſervation. Mais pourquoi nous croire en péril ? Ne ſommes-nous pas intérieurement triomphants ? Ne le ſommes-nous pas, réellement, au-dehors ? [*Bravo* ! *Bravo* ! *Bravo* !]

FOUQUIER-TAINVILLE.

On ne ſaurait rien ajouter à ce que vient de dire *Robeſpierre* & *Billaud*. Je ne conçois pas comment *Hébert*, qui paraît ſi terrible dans ſon *Père-Duchêne*, oſe prévoir le moindre danger ! Je ſuppoſe que la partie de la Convention qui ſe nomme la partie ſaine & que nous regardons comme la véreuſe, voulût, quelque jour, tendre à une ſciſſion ouverte, eh bien ! nous avons, au beſoin, des aſſignats, de l'argent, des accaparements de grains, & le peuple eſt là, debout, dans une attitude ſuperbe, prêt à fondre ſur les Cannibales que nous lui déſignerions... La guerre civile eſt-elle donc ſi redoutable pour nous ? Le plus grand mal qui en pourrait réſulter ſerait l'anéantiſſement de la Convention ! Mais ce mal ſerait certainement un bien politique ; car le peuple léguerait entièrement ſa ſouveraineté aux *Jacobins* ; & les légiſlateurs, patriotes à notre manière, n'auraient rien perdu à ce changement..... [*Applaudiſſements*]. C'eſt avec juſtice que nous dirions alors : Hors de ce *Club*, point de ſalut. [*Les applaudiſſements redoublent & retentiſſent de toutes parts.*]

HÉBERT.

Robefpierre, *Billaud* & *Fouquier* ont tort de s'imaginer que la crainte puiffe approcher de mon ame républicaine ! Je faurai mourir comme un *Caton*, un *Brutus*. Si ma mort eft utile à ma patrie, je la defire, je l'appelle ; mais je ne veux pas que les *Jacobins* foient jamais divifés entr'eux ; car leurs divifions entraîneraient néceffairement des partis, & les partis, infailliblement la ruine & la deftruction totale de la République, une, indivifible, impériffable. [*Bravo ! Bravo ! Bravo !...*]

DUHEM.

Les *Jacobins* ne feront jamais défunis. Leurs vertus patriotiques les rapprochent trop ! Ils ont trop de rapports enfemble ! [*Applaudiffements*].

ROBESPIÉRRE.

Que trois cents cinquante mille têtes tombent encore, & la République eft fauvée. [*Bravo ! Bravo !* mille fois *Bravo !*] Et que nous importe, qu'importe à un grand état, qu'importe au refte du genre humain qu'il y ait cinq ou fix millions d'habitants ; de plus ou de moins dans l'Europe ! Sachons faire & multiplier des facrifices, pour la propagation de nos principes, pour notre gloire & la profpérité de la chofe publique. [*Il tire un papier de fa poche & le donne à* Barere *en difant*] : C'eft un mandat d'arrêt pour quarante-cinq perfonnes, de la même famille, que le comité de furveillance du *Bonnet-Rouge* avait fait incarcérer, & qu'il a, enfuite, pour de l'argent, fait relâcher. Il eft temps que ce monde-là parte, tout-à-la-fois, pour l'échafaud : fignez-en l'ordre. Mais , pour éviter que ceux que nous envoyons au fupplice ne montrent au- tant de courage à foutenir , jufqu'à la mort, le ROYA- LISME & le CATHOLICISME [*il baiffe la voix* :] faites- les faigner amplement & fans qu'on le fache. [BARERE *prend le papier avec empreffement, le* BAISE *avec joie & va le figner , fur le comptoir du* Café-Club]. [*Très-vifs , très-longs & très-grands applaudiffements*].

F O U Q U I E R [à *Samfon*].

Samfon ! Voilà de la befogne toute taillée ! Au refte , la guillotine n'eft qu'un lit un peu plus mal fait que les autres. [*Bravo !*]

S A M S O N.

Je penfe , mon cher *Fouquier* , que toi , moi , nos braves enfants , nous aurons de l'occupation pour plus d'une année. Que les *Jacobins* foient bénis , nous ne man- querons pas d'ouvrage & de certificats de civifme ! (*Bravo !*)

SCÈNE III.

LE GARÇON DU CLUB (*arrive , avec un grand vafe peint en* rouge , bleu & blanc : *il apporte auffi une large coupe , & s'écrie l'œil en feu :*)

VOILA DU SANG. (*On fe précipite en foule au comp- toir , où* Robefpierre *va boire le premier. Pendant que les autres lui fuccèdent il fe fait un très-profond filence.*)

‑ L E B O N , [*en examinant avec enthoufiafme le Garçon du Club.*]

· Regardez fon habit ! il eft taché de fang. [*Il court l'embraffer , & l'aréopage fuit fon exemple.*]

· U N E V I E I L L E [*arrive la dernière & dit , en fanglottant :*]

C'eft mon fils.

L E G A R Ç O N D U C L U B [*lui rend l'accolade.*]

Autant vaut-il que ce foit moi qu'un autre [*A demi-voix*] : mais je ne fuis plus *Claude-Jérôme-Babeuf.* Depuis la nouvelle révolution , on m'a débaptifé : je fuis *Augufte-Céfar-Cicéron-Babeuf;* & voilà mon parain. [*Il montre* Robefpierre, *qui fourit. On applaudit.*]

R O B E S P I E R R E.

Salut , mes bons amis ; je vous quitte : à ce foir. [*Les applaudiffements l'accompagnent. Il fort.*]

SCÈNE IV ET DERNIÈRE.

DUHEM.

JE pars auffi, & j'imagine que vous ne tarderez pas à vous rendre aux JACOBINS ! [*Applaudi.*]

La citoyenne CRASSOUX.

Mais, avant de nous féparer, danfons un peu la Carmagnole ! [*Toutes les voix :* Très-vôlontiers ; avec plaifir.] = Nous avons du vin & du brandevin à boire !... Les femmes ont befoin de s'échauffer pour boire !... Nous ne buvons que du fang de fens-froid. [*Grand tumulte, caufé par les applaudiffements ,furmontés de BRAVOS !...*] *L'on danfe, en rond, au fon de la Carmagnole, & de Ça ira..... Une voix chante, fur un air boîteux, & le chœur répète :*

> Que la Liberté
> Et l'Egalité,
> La Fraternité,
> La Loi, l'Unité,
> L'Honneur, la Bonté
> Et l'Humanité ;
> Que la Vérité,
> La Sincérité
> Et la Probité,
> Couvrant de gaîté,

De

De profpérité,
La vafte Cité,
Joignent la Santé
A l'Aménité
Et la Sûreté.
Gardons la Fierté
Pour la Majefté
Du Peuple enchanté ;
Nous irons à l'immortalité.

Vivent les JACOBINS !... [*Le tocfin fonne.... On bat
la générale , dans le lointain... Un grand bruit & des cli-
quetis d'armes , accompagnés de cris d'hommes & de femmes fe font entendre. Plufieurs voix :* ROBESPIERRE *eft
arrêté !... Les Jacobins font perdus... La toile tombe , &
la rumeur , les coups , les hurlements exiftent encore.*]

Fin de la Pièce.

D I A L O G U E.

MOI. Vous voilà donc ; vous , un des nombreux infortunés qui refpirent , avec douleur , fur le territoire
français ! — LUI. Il y a bien long-temps , mon cher ami ,
que je n'ai eu le plaifir de vous voir : favez-vous que je fuis
accablé de chagrins ? — MOI. Hélas ! Je l'ignore ; mais
je n'ai pas de peine à le croire : la révolution ne m'a pas
mieux traité que vous. — LUI. La loi du 17 *Nivôfe*,
contre les fucceffions , me réduit à manquer des objets
les plus néceffaires. Ma femme a été affaffinée , *légale-
ment* , parce qu'elle était riche : fes biens font confif-
qués ; mon fils eft mort raffafié de regrets : je ne leur fur-

C

vivrai pas long-temps, & j'en fuis confolé. — MOI. Mais
le bruit court que l'on va caffer cette loi, qui excite tant
de réclamations !..... — LUI. J'ai ouï dire que le projet
de la réformer était effectivement foumis au Comité de lé-
giflation ; malgré cela, je ne crois pas que la crête de la Convention fouffre qu'on revienne fur un decret qu'elle a dicté,
dans l'effervefcence des paffions qui l'agitent fans ceffe. —
MOI. Quelle contradiction ! un article des Droits de l'homme
veut que nul Décret n'ait d'effet rétroactif ! L'un ou l'autre
eft abfurde. LUI. Cela eft vrai ; mais penfez-vous que la loi
du 17 *Nivôfe* foit la feule qui fe contrarie avec les *Droits
de l'homme* &, qui plus eft, avec fes devoirs ?... — MOI.
Je m'en donne bien de garde. Cependant je ne doute
pas que, fi les 48 Sections de *arts* recevaient une adreffe,
très-vigoureufe, & qu'elles députaffent quelques pétition-
naires *à la barre* de la Convention, pour la lui offrir,
comme l'expreffion de leurs vœux, nos Légiflateurs *crétois* ne fuffent un peu embarraffés. Voici, à-peu-près, ce
qu'il faudrait dire aux *bons Parifiens* :

CITOYENS,

Les villes de *Rouen*, de *Caen*, d'*Yvetot*, de *Man-
tes*, de *Montelimart*, de *Libourne*, &c., réclament,
auprès de la Convention nationale, l'abrogation de la dé-
faftreufe & abominable loi du 17 *Nivôfe*, qui caffe
les teftaments, qui annulle les donations, qui lacère
les feuillets des contrats de mariage, qui intervertit
l'ordre focial, en portant la diffention dans les plus ref-
pectables & infortunées familles de la *République* ;
les Communes du territoire français fe lèvent, de toutes parts, & fe récrient contre les Décrets oppref-

feurs rendus fous les tyrans ; refterez-vous feuls impaffi-
bles ?... Verrez-vous , de fens-froid , la juftice continuel-
lement méprifée ? Obéirez-vous , fans efforts aux facrilé-
ges oracles que l'iniquité a rendus en fon nom ?... Compo-
ferez-vous avec vos confciences , fous la dictée de ces
êtres pervers & cruels, de ces hommes de carnage, qui
nous ont fi long-temps abreuvés d'amertumes & de douleurs ; qui ont , fi long-temps , promené , avec impunité ,
le *niveau* de la mort fur des multitudes de têtes innocentes ? — Quel eft le citoyen , parmi vous , qui ne rougit
pas d'indignation , en imaginant qu'il ne peut laiffer que
la fixième partie de fes poffeffions à l'ami bienfaifant
& généreux , qui a expofé fa vie pour lui fauver fes
jours ; tandis que , dans le malheur , il a été abandonné par d'indignes parents ou collatéraux , avides de dépouiller , malgré lui , fon héritage ?... Quel eft celui qui
n'eft pas prêt à verfer des larmes de défefpoir , en fon-
geant que fon enfant , unique , adultérin , mais qu'il ne
peut reconnaître pour être de fon fang , étant né dans
une autre lignée ; n'obtiendra qu'une faible part des biens
qui lui font dus entièrement ?... Quel eft le père qui
ne s'enflamme pas de courroux , étant convaincu que , fi un
de fes fils a été affez dénaturé pour avoir voulu enfoncer
un fer parricide dans fon fein paternel , ce monftre épou-
vantable partagera également fa fucceffion , avec fes autres enfants , tendres & refpectueux ?... — Il ne s'agit
plus , *Citoyens* , de fe reftreindre à demander l'abolition
de l'*effet rétroactif* & barbare attaché à certains Décrets !
C'eft leur rapport , leur anéantiffement , total , qu'il faut
réclamer.

— Que penfez-vous d'une *remontrance* dans ce genre ? —
LUI. J'en fuis encore plus convaincu que nos Légiflateurs

ont trop de chofes à faire pour entreprendre d'en refaire !
— MOI. Je crains qu'ils n'aient point ce courage ; &
c'eft le manque d'énergie , la lâcheté d'une part , l'audace
& la férocité de l'autre , qui ont perdu notre patrie (14).
LUI. Si vous remontez au temps où la gloriole & la va-
nité des artiftes & des bourgeois qui veulent l'*égalité* ,
par-deffus & non pas au-deffous , ont pris pour prétexte
de leurs fureurs (toujours foutenues par le Duc d'*Orléans*) les jouiffances , néceffaires en politique , d'une
claffe de citoyens , & les privations , indifpenfables de l'autre , je remarquerai que les uns ont fui , les autres

(14) Vous , qui croyez être Républicains ,
  En renonçant aux principes humains ,
  Ne voyez plus d'un œil de jaloufie
  Ces rangs , toujours convoités par l'envie.
  Sachez fur-tout que le luxe enrichit
  Un grand État , s'il en perd un petit.
  Cette fplendeur , cette pompe mondaine ,
  D'un règne heureux eft la marque certaine.
  Le Riche eft né pour beaucoup dépenfer ;
  Le Pauvre eft fait pour beaucoup amaffer.

  En Angleterre (& jadis même) en France ,
  Par cent canaux circule l'abondance.
  Le goût du luxe entre dans tous les rangs ;
  Le Pauvre y vit des vanités des Grands :
  Et le travail , gagé par la molleffe ,
  S'ouvre , à pas lents , la route à la richeffe.

  L'augufte Rome , avec tout fon orgueil ,
  Rome, autrefois , était ce qu'eft Auteuil.

  Le Jupiter , au temps du bon Roi Tulle ,
  Était de bois : il fut d'or fous Luculle.
  N'allez donc pas , avec fimplicité ,
  Nommer vertu ce qui fut pauvreté.

font reftés, fans qu'on fache, depuis près de fix ans, quels font ceux qui ont pris le meilleur parti !... — MOI. Sans doute ceux qui font le plus libres & le moins opprimés. — LUI. On affure que ceux qui font au-dehors manquent de tout ; qu'ils marchent fur des charbons ardents !... — MOI. Nous, au-dedans, fommes-nous pourvus d'autres chofes que de misères, d'horreurs & de dangers ? *Sommes-nous fur des rofes ?*... — LUI. Au refte, l'événement juftifiera tout. — MOI. Je fuis perfuadé qu'il applanit bien des difficultés ; mais qui eft-ce qui peut approuver tout ce qui eft juftifié par l'événement ?... — LUI. Permettez-moi de vous demander fi vous connaiffez une *Comédie*, qui paraît, qui fait du bruit, & que les *contre-Jacobins* élevent jufqu'aux nues. — MOI. Eft-ce les *Cannibales ?* — LUI. Juftement. — MOI. Certainement, je les connais ! Je fais, même, que certains Députés, *qui ne veulent pas qu'on les juge,* fe plaignent qu'en leur faifant répéter les propos qu'ils ont tenus, on a dévoilé leur conduite ! Ils prétendent que *c'eft avilir la repréfentation nationale. Cela fe peut-il ?...* Heureufement le public commence à fe défabufer de ces phrafes toutes faites, qui lui en ont fi fort impofé, qui précédaient toujours la *terreur* & la *mort.* — LUI. Vous avez raifon ; mais j'aurais defiré que l'Auteur [je fens bien qu'il ne pouvait pas tout dire] parlât, néanmoins, de *Merlin* [de *Douai*], de *Boiffet*, d'un certain *Amonville*, de *Bentabolle*, dont le nom offre à mon oreille l'harmonie imitative de quatre ricochets, & qui n'eft pas meilleur que les autres ; &c. — MOI. On croit *Boiffet* converti, *Merlin* prêt à l'être ! Quant à *Armonville*, au-deffous de la définition, c'eft différent. Ci-devant femant des carottes, & maintenant *taillant* des loix, ce nouveau *Licurgue*, qui *opine* toujours

du bonnet, ou *du derriere* [par *affis* & *levé*] , eft, cependant , le premier , à ce qu'on affure , qui a *greffé* le projet , fi bien exécuté de fuborner les domeftiques , de les
payer pour dénoncer leurs maîtres , de les engager à por-
ter *fidélement* leurs lettres à des comités établis dans
chaque fection , à la pofte , &c. Quelques perfonnes s'é-
taient imaginées que c'était à *Armonville* qu'était due
l'illuftre idée de faire gliffer des *moutons* enragés ; dans
les *baftilles* , dont toutes les Municipalités font pourvues ,
pour entendre , révéler , accufer tout ce qu'on y avait dit ,
& tout ce qu'on n'y difait pas , fur & contre la révolution ;
mais c'eft *la Flotte* , fils aîné d'un ancien Commis & réfi-
dent dans les villes anféatiques , qui a conçu ce fuperbe projet , fi bien exécuté !... *A tout Seigneur , tout honneur.*
— LUI. N'a-t-on rien imaginé contre ces *ours* , ces *léo-*
pards , ces *tigres* , ces *lions* , ces *hommes* qui fe font
aïnfi dénommés ? — MOI. Il y aurait un plan auffi
fimple que fûr de leur donner la chaffe , & de les perdre fans retour. Ce ferait de rendre un Décret qui
obligerait chaqᵉ ville à fournir des *Jacobins* , à raifon de fa population , & d'en former autant de corps ,
compofés de douze cents bandits , que nous avons d'armées. Le contingent de *Paris* ferait , au moins , d'un ba-
taillon , fans compter l'avantage de donner tous les chefs ,
les fameux *Montagnards* ou *Crétois.* On prétend que nous
avons quatorze armées ! les quatorze corps qui combat-
traient à la tête de chacune d'elles , formeraient , fi je cal-
cule bien , un dégagement de *feize mille huit cents Jacobins.*
Mais , afin que ces monftres fuffent néceffités d'être utiles ,
fans pouvoir nuire , il leur ferait rigoureufement dé-
fendu , fous peine d'être *mis hors de la loi* , de quitter
leurs régiments , armés de piques ; & leur coftume , qui

se réduirait simplement à un bonnet de galérien, avec une robe courte, en *san-benito*, couleur de sang de bœuf, & une ceinture noire. — LUI. Il ne manquerait à votre idée que de signaler ces prétendus patriotes, d'une manière ineffaçable ; j'entends avec un type de fer brûlant, qui imprimerait, en relief, sur leurs joues, les lettres RE, qui signifieraient *Révolté...* — MOI. La Tactique des *Cannibales*, dont l'Auteur semble l'exécuteur testamentaire des innocents immolés par la rage des criminels, inscrits dans cette Pièce, commence à en faire justice, en éclairant le peuple sur ses ennemis, ses amis, ses plus chers intérêts ; & il n'est pas jusqu'à la Jacobine *Crassoux*, qui puisse, raisonnablement, se plaindre d'être *fessée*, avec douceur, après avoir été si bien & duement *étrillée*, par les *Forts de la Halle*. Il faut être modérés, humains, même dans les plus justes vengeances... ADIEU.

ROMANCE.

Aux privations condamné,
Exilé par la tyrannie,
Un Troubadour infortuné
Sentait dépérir son génie.
Il cherchait en vain le repos :
La plus noire mélancolie
Lui suggérait, bien à propos,
Tous les conseils de la folie.

Eh quoi ! se disait-il, tout bas,
Je n'ai plus d'amis, plus d'asyle,
Plus de parents, (15) & le trépas
Fuit mon existence fragile !...
Il est temps : arrêtons le cours
Des sources de ma triste vie :
Sans espérance & sans amours,
Mourir est mon unique envie.

(15) Ils étaient tous incarcérés : quelques-uns sont morts
en prison, ou par la main des *assassins-Juges*.

Le Troubadour allait bientôt
Dans la nuit immenfe, éternelle,
Se précipiter : auffi-tôt
Un filphe paraît, avec zèle :
Il le tranfporte en certain lieu
Où, fous une forme mortelle,
Un Ange féminin, un Dieu,
Adoucit fa peine cruelle.

Cette déité le conduit
Au fond d'un ancien hermitage :
C'eft-là, dit-on, qu'elle jouit
D'un encens pur, d'un tendre hommage.
Un temple exifte dans le cœur
Du Troubadour ! Eft-il plus fage ?...
Je n'en fais rien... Mais fon bonheur
N'eft pas complet dans l'efclavage.

AGONIE

D'UN TROUBADOUR. (16)

Toi , que j'aimai toute ma vie ;
 Toi , qui fus unie à mon fort ;
Quand je fuis dans les fers dont m'accabla l'envie,
Seule , n'écoute point mon trifle chant de mort...
Vous , mes gémiffements , vous , mes plaintes funèbres ,
Reftez , reftez plutôt dans l'horreur des ténèbres ;
 Laiffez mon deuil dans ces tombeaux...
 Si tu protéges l'innocence ,
 O Ciel ! j'implore ta clémence ;
 Cache à *Victoire* tous mes maux.

 Sous cette voute fépulchrâle
 Où pend le voile de la nuit ,
Et d'où la tyrannie , à l'œil faux , au teint pâle ,
Chaffe le doux efpoir , qui revient , & s'enfuit ,
O mon aimable époufe ! ô ma chère *Victoire* !
Ma confolation , mon bonheur & ma gloire ,

---

(16) L'Auteur de ces ftances , & de ce qui les précède , doit
la confervation miraculeufe de fa vie à l'exceffive fermeté
de fon caractère , à fon bonheur inoui , & , peut-être , à la Pro-
vidence qui le deftine à de grandes chofes. La tyrannie qu'on
a fi long-temps exercée envers lui , annonce affez que fes principes , fes propos , fes actions , fes écrits n'ont jamais varié ;
effectivement , tout eft d'accord : auffi a-t-il la gloire ftérile ,
dangereufe d'être recommandé , d'une manière particulière &
implicite, dans le teftament du pieux LOUIS XVI ; qui fe reprochait
d'avoir obligé trop d'ingrats , & méconnu fes *amis* bien fidèles.

Je t'appelle en vain par ton nom ;
Par ceux que ma vive alégreffe
Imagina dans la tendreffe ;...
L'affreux filence me répond,

Quand tu liras ces caractères ,
Que mon cœur a tracés pour toi ,
J'en fuis trop convaincu ; *Victoire* , tes paupières
Vont s'abreuver , hélas ! de pleurs , amers , pour moi...
Joféphine , en fanglots , cours effuyer fes larmes :
Ah ! mon père ; oppreffé du poids de vos alarmes ,
J'exifte encor ; mais l'avenir
De fon bras indompté m'entraîne :
C'en eft fait ; il brife ma chaîne ;
Ma vie eft dans le fouvenir.

R E M A R Q U E S.

LE Livre de Morale & de Religion compofé dans la langue facrée, qu'on appelle le *Hanfcrit*, & qu'on regarde
comme la plus antique de l'Orient [partie du monde où
le peuple femble policé, inftruit depuis le premier âge],
le *Védam* (17) s'exprime ainfi : *Le premier homme étant
forti des mains de Dieu lui dit : Il y aura fur la terre*

---

(17) Voyez fon Commentaire, l'*Ezourvédam*, traduit en
français & à la ci-devant Bibliothèque du Roi, fi la barbarie,
qui a commencé à exercer fes ravages en 1789, n'a pas détruit
ce précieux monument. On n'oubliera jamais que les monftres
attachés au Duc d'Orléans, dont la plupart fervirent fes projets
fans les connaître, fe réunirent après la formation des *États-
Généraux*, en Affemblées *délibérantes* qui portèrent le nom
des lieux où les chefs de la faction tramaient leurs intrigues &
leurs complots : (le Club de la *Sainte-Chapelle*, le Club
des *Feuillants*, le Club des *Cordeliers*, &c.) que c'eft delà qu'ils
ébranlèrent tout ce que le fameux Club des *Jacobins* a fini par
renverfer & mettre en pièces, hâtant ainfi fa propre ruine fur
des débris.

Je vais répondre, dans cet article, au reproche que me
fait une main inconnue d'avoir intitulé la *Tactique des Cannibales*, COMÉDIE : que le *Dante*, qui a donné ce titre à fon
Poëme de l'Enfer, qui ne peut pas fe jouer, n'y traite pas
de chofes plus *comiques*; & le rapprochement du *féjour des Dé-
mons* & du *Royaume* des Jacobins eft trop clair pour ne pas
ajouter à l'autorité dont je fais ufage. Au refte, une Comédie n'eft
pas davantage un Poëme dramatique qu'une repréfentation de quel-
qu'action de la vie commune que l'on fuppofe s'être paffée, ou qui
a eu lieu, réellement, entre des perfonnes de condition privée !
& la génération actuelle fait fi j'ai mis au jour toute la vérité.

*différentes occupations ; tous ne feront pas propres à toutes :
Comment les diftinguer entr'eux ?... Dieu lui répondit :
Ceux qui font nés avec plus d'efprit & de goût pour la vertu
que les autres, feront les* Brames *; ceux qui participent
le plus du* Rofogoun *, c'eft-à-dire de l'ambition, feront
les* Gúerriers *; ceux qui participent le plus du* Tomogun *,
c'eft-à-dire de l'avarice, feront les* Marchands *; ceux qui
participeront du* Comogun *, c'eft-à-dire, qui feront* robuftes
& bornés, feront occupés aux œuvres ferviles.

Qui ne reconnaîtrait, dans ces paroles, avec *Voltaire*,
l'origine véritable des quatre caftes des Indes, ou plutôt
les quatre conditions de la vie humaine ?

Sans me reporter au temps le plus floriffant des Républiques très-circonfcrites, de la *Grèce* & même de *Rome*,
où les diftinctions de rang furent auffi marquées qu'elles
font généralement reconnues, je dis que : „ l'égalité, le
„ partage naturel des hommes, fubfifte encore en Suiffe,
„ autant qu'il eft poffible. Vous n'entendez pas par ce mot,
„ *cette égalité abfurde, impoffible*, par laquelle le Servi-
„ teur & le Maître, le Manœuvre & le Magiftrat, le Plai-
„ deur & le Juge feraient confondus enfemble; mais cette
„ égalité par laquelle le citoyen ne dépend que des loix,
„ & qui maintient la liberté des faibles contre l'ambi-
„ tion du plus fort „. [*Effai fur l'Hiftoire générale*,
chap. 63.]

„ Le feul pays qui peut être *libre* eft celui qui n'a pas une
„ grande étendue, qui n'a pas trop de richeffes, & où
„ les loix font douces „. [*Ibid.*]

La *liberté* & l'*égalité* n'exifteront donc pas en France,
malgré les veilles & les foins de nos *Légiflateurs*. Je ne connais que la plus petite des Républiques, celle de *Saint-Marin*,

fous la protection du Pâpe , dans le Duché d' *Urbin* , où
l'on puiffe être, fans empêchement, jufques à la Magiftrature, *ÉGAUX & LIBRES* , *à la vie & à la mort* ; mais *non
pas au-delà* : puifqu'une hiérarchie inaltérable y eft éta-
blie, & que ces rangs affignés , ces lignes de démarcation
font profeffées dans toutes les Religions , & particu-
liérement dans celle dont je m'honore de n'être pas
diffident.

Une maladie morale , grâve, épidémique, a répandu
fur les Français fon funefte poifon : en attendant qu'un
fameux Docteur entreprenne de les traiter fuivant les règles
de l'hygiène , on leur confeille , puifqu'ils ne fe croient
pas en danger , d'obferver le régime de l'*abftinence* &
de la *diète* ; il préparera certainement une crife favo-
rable.

Les citations étant le domaine de la penfée , chez toutes
les nations , perfonne ne pourra trouver mauvais que
je termine ces Remarques par les phrafes fuivantes ,
copiées textuellement dans un livre très-rare , très-
curieux, qui exiftait jadis à la Bibliothèque de la rue de *Ri-
chelieu*, & qui eft encore dans celle de quelques particu-
liers. Il paraît dater du temps où l'on a inventé les caractères d'Imprimerie.

» Erit initium dolorum quæ regnabunt per fexaginta
» quinque menfes, vel ultrà... Per viginti quinque menfes ,
» nec Imperator, nec Rector confcientiæ in Franciâ erit...
» Ecclefiæ maculabuntur & fœdabuntur omnes... Silebit
» Religio propter timorem & furores iræ peffimè ferven-
» tis... Mulieres facræ & fanctæ, derelictis Monafteriis ,
» fugient hinc & indè, maculatæ & violatæ... Paftores
» Ecclefiæ, & majores, expulfi & ejecti à fuis dignitatibus

» & prælaturis , percutientùr crudeliter , & fugient , &
» occidentur ; & remanebunt oves & subjecti, sine Pas-
» tore & Ductore disperfi... Sanctæ Ecclesiæ Altaria di-
» ruentur , & pavimenta sacra fœdabuntur , ac Monasteria
» polluta & spoliata destruentur ! quia manus & ira Do-
» mini... Multæ civitates sibi novas constitutiones facient...
» Servi repleti omni dolo , superbiâ & furore , contra Do-
» minos suos proprios se rebellabunt... Omnes ferè boni ,
» divites , ac nobiles , quot-quot sunt , occidentur...
» Multæ viduæ orbatæ relinquentur... Vicinus à vicino ,
» proximus à proximo suo se custodiant... Deindè fames
» erit... Civitates potentissimæ & terribilissimæ præliabun-
» tur & capientur... Vulgus petiet sibi Regem... Erit in
» adjutorium juvenis captivatus , qui recuperabit coronam
» lylii , & fundatus , destruct filios *Bruti*... Multi dicent :
» *Pax ! pax ! pax !* non erit pax... Gubernatores ipsius
» *Regni* ità erunt excæcati quod nescirent, in se , invenire
» Defensorem... « [*Mirabilis Liber.*]

TRADUCTION.... On verra les douleurs établir leur
empire, qui durera cinq ans, cinq mois, ou plus... Pendant
plus de deux ans , la France n'aura ni Roi , ni Ministre
du Culte... Les Eglises feront souillées & déshonorées....
La Religion n'ofera faire entendre ses doux accents,
à cause de la fureur des méchants , qui se déchaîneront
avec violence contr'elle... Des filles , consacrées à Dieu,
feront chassées de leurs Monastères , & obligées à errer,
de toute part , pour trouver chacune un asyle , après
avoir essuyé un nombre infini de violences , d'outrages
& d'opprobres... Les principaux Chefs de l'Eglise, les vrais
& bons Pasteurs , seront destitués de leurs dignités & emplois : cruellement persécutés , ils feront mis en fuite ou

tués, & leurs ouailles demeureront sans guides... Les Autels feront renversés ; les faints Temples déshonorés ; les Monastères pollués, pillés & détruits ! parce que la main du Très-Haut s'appesantira fur nous , dans fa colère.... Plusieurs Villes se donneront de nouvelles conftitutions... Les Vaffaux & les Domestiques , pleins de fourberie & d'orgueil fe souleveront avec fureur contre leurs propres Seigneurs & leurs Maîtres... Presque tous les honnêtes-gens , les riches & les Gentilshommes feront maffacrés... Un grand nombre de veuves, dépouillées, refteront fans appui , fans fecours... Le voisin doit fe méfier de fon voisin , & le parent de fon parent... Enfuite la famine exercera fes ravages... Les villes les plus confidérables , les mieux fortifiées & défendues , feront affiégées , conquifes & ruinées... Le Peuple fe demandera à lui-même un Roi... Un jeune Prince ayant été dans l'esclavage , mais recouvrant la Couronne des lys , étant fur le trône de fes ancêtres , viendra au fecours des perfonnes d'honneur & de probité ; il détruira ces *révolutionnaires* qui fe difent les enfants de *Brutus*... Plusieurs s'écriront : *La paix ! la paix ! la paix !* la paix n'existera pas pour eux... Ceux qui auront été à la tête de l'ochlocratie feront fi aveuglés qu'ils ne fauront comment fe défendre , ni où trouver des Défenfeurs... [*Livre merveilleux*].

— Je préviens qu'il n'est pas permis d'ajouter foi à la prédiction qui n'est pas encore accomplie. *Les Publicistes* la rangent dans la claffe des fuperftitions politiques & religieufes.

DE PAR LES JACOBINS ; on fait défenfe à Dieu
De faire un feul miracle , & fur-tout en ce lieu.
(*Parodie d'un diftique connu*).

DÉCLARATION.

DÉCLARATION.

JE, fouffigné, reconnais être feul *coupable* des écrits précédents ; je reconnais, en outre, que la locution des perfonnages de ma *comédie* eft précifément la même qu'emploient, ailleurs, ceux qui m'ont fervi de modèles : langage qui a provoqué ; néceffité les actions horribles & fans nombre qui ont fait furnommer leurs Auteurs, jufques dans le fein même de la Convention nationale, *cannibales*, *buveurs de fang*.

Rempli de l'indignation amère, infurmontable, que doivent avoir contre les vices & les crimes tous les honnêtes-gens, tous les bons citoyens, tous les vrais patriotes, j'ai cru qu'il étoit effentiel de préparer des matériaux à l'Hiftoire, & d'effrayer les générations futures, en leur fignalant, en leur offrant l'impériffable image des bourreaux que la *juftice* conduit à l'échafaud, & de ceux que le dernier fupplice attend encore. J'ai donc comblé le vœu de la loi, de toutes les loix, en manifeftant hautement mes idées ; puifqu'au lieu d'être nuifibles aux *propriétaires*, elles ferviront, je l'efpère, à faire tomber les écailles qui couvrent leurs yeux : qu'ils foient défenchantés.

Les députés *Jacobins*, ou des *Jacobins*, ne feront pas plus fondés à fe faire un rempart de leur INVIOLABILITÉ que les Rois & les Empereurs, qui paffent auffi pour *inviolables*, & qu'on a toujours ofé traduire au théâtre, en qualité de Héros, fans qu'ils fe foient jamais avifés de fe plaindre, ni de fe fâcher du choix qu'on a fait d'eux. L'inviolabilité, malgré LICURGUE-Pradon-*Chénier*, ne doit & né

D

peut exister que pour un homme de bien contre des scélé-
rats. Je respecte le vrai caractère & le titre de *Représentant
du Peuple*; mais je méprise, j'abhorre, *j'exècre* celui qui,
en étant revêtu, s'imaginerait qu'on ne peut l'en dépouiller,
afin de séparer son personnel, tout couvert d'infamies,
de barbaries & de cruautés ; comme si l'autorité qu'on ac-
corde à des hommes était faite pour tyranniser, & non pour
rendre heureux leurs semblables !.... Point d'arrière
pensée : plus sévère que l'illustre *Martial*, je soutiendrai
qu'il faut, avec courage, *dicere de vitiis* ET DE *personis*.

(Signé : *par celui qui a laissé son nom & l'original
de la présente Déclaration chez le pusillanime Imprimeur,
& son souvenir, il ose le croire, dans le cœur de toutes
les personnes vertueuses.*)

LA COLÈRE DU PEUPLE.

Vaudeville ; tombé de la beface d'un vrai Sans-Culotte
& ramaffé par l'Editeur.

VAILLANT Français, dont la colère
Sera le frein de tous nos maux,
N'es-tu point las de ta mifère ?
Et méconnais-tu nos bourreaux ?...
O Jacobins ! tyrans barbares,
Jaloux & faux Républicains,
Les Cannibales, les Tartares
Sont-ils plus que vous inhumains ?

Jacobins ! vous, Monftres féroces,
Qui vous gorgez de fang humain,
Qui, par des manœuvres atroces,
Enfin, rompez nos jougs d'airain ;
Sous le plus affreux defpotifme
Trop long-temps vous fîtes la loi :
Votre fanglant patriotifme,
Tigres, vaut-il celui d'un Roi ?

Le régime infâme, exécrable,
Par le déshonneur établi ;
Ah ! vous l'aviez jugé durable
Quand la vertu fut un délit !
Quand le fils dénonçant fon père
L'ofe traduire à l'échafaud !...
On égorge l'enfant, la mère,
Et tout lieu devient un tombeau !...

Race maudite, abominable,
Fléau vomi par les Enfers,
Tremblez ; vous êtes trop coupable,
Et nous avons brifé nos fers !
Vous allez expier vos crimes,
Vos fureurs & vos attentats ;
Entendez le cri des victimes :
Faites la guerre aux fcélérats.

CORRECTIONS et ADDITIONS.

Avant-propos : ligne 14, effacez la virgule qui est après animée. -- *Page* 5, lig. 2, ni indulgence, ni sévérité : *mettez* : ni sévérité, ni indulgence ? - lig. 5 & 6, les illusions n'existeront bientôt plus : *mettez* : illusions, disparaissez ; *Dernière ligne*, *avant la note* : une page de la, &c., *mettez* : une page de la -- *Page* 8, lig. 6. Cette Pièce : *mettez* : Ce Drame, (& 2 lignes après). ce qui s'est passé, *mettez* : ce qui se passe -- 5 & 6 lignes après : marchons ensemble : *mettez* : serrons les rangs : -- *Page* 9, lig. 1 : je ne crois donc pas, *mettez* : je ne présume donc pas, -- *Page* 10, lig. 12, les citoyennes *Craffoux*, &c., *mettez* : Citoyennes ; *Craffoux*, -- *Avant dernière ligne*, les autres fument, jouent au *domino* ; mettez : les autres fument, ou jouent au *domino*. (*Effacez les dix mots suivants*, & *supprimez* l'alinéa qui est au-dessus.) -- *Page* 11, *Scene première*, ligne 3, & lacéré, *effacez* : lacéré, -- *Page* 14, lig. 5, de tout respect, *mettez* : de tout respect ; -- *Page* 16, lig. 2 de la note, qui, une fois remplis, deviennent, &c., *mettez* : qui deviennent -- *Page* 17, ligne 4, à ce sujet, rentrerait d'ailleurs, *mettez* : à ce sujet rentrerait, d'ailleurs, -- *Page* 21, lig. 6, en jettant les yeux sur, *mettez* : en fixant (même page, à la note, lig. 6) général, *mettez* : général, -- *Page* 22, première, ligne de la note : elles, *mettez* : elles - dernière ligne : les choses, *mettez* : des choses, -- *Page* 25, lig. 2, Duroi, ajoutez : Colombel, Raffron, Sergent, Panis, Charlier, Reverchon, Martel, Esne-de-la-Vallée, Charles-la-Croix, -- (même page, lignes 3 & 4 de l'interlocution d'*Hanriot*) : Aides-de-Camp, je suis, &c. *mettez* : Aides-de-Camp, fortifié par mon ami, le Brasseur *Santerre*, à qui j'ai succédé dans le généralat, je suis -- *Page* 26, ligne 8 de la note, sont ceux, & arrachons le voile de l'Histoire, qui disaient, *mettez* : sont ceux, arrachons le voile de l'Histoire, qui, *effacez* disaient. -- 2 lignes après : de LAMBALLE : *mettez* de LAMBALLE, & ajoutez : disaient. -- *Page* 28, ligne 10, à ce que vient ; *mettez* : à ce que viennent -- *Page* 29, ligne 2 de l'interlocution de Robespierre. (Bravo ! Bravo ! mille fois, *mettez* : mille fois. -- *Page* 31, ligne 11 : Jérôme-Babeuf, *mettez* Jérôme le Roi (2 lignes après) : Cicéron-Babeuf ; *mettez* : Cicéron-le-Roi ; -- *Page* 33, lignes 3 & 4, du Dialogue. Il y a bien long-temps, mon cher ami, que je n'ai eu le plaisir de vous voir : *mettez* : Depuis le temps que je n'ai eu le plaisir de vous voir, mon cher ami, 3 lign. &c. après. La loi du 17 *Nivôse*, contre les successions me réduit à manquer des objets les plus nécessaires. *Effacez tout cela*. -- *Page* 34, ligne 1, & j'en suis consolé. *Ajoutez* : D'ailleurs, la loi du 17 *Nivôse* me réduit à manquer des objets les plus nécessaires. -- 2 lignes après, de réclamations !... *mettez* : de rumeur !... -- 2 & 3 lig. après : de la Convention, *mettez* : des Jacobins -- *Page* 35, lign. 3, sans efforts (*ajoutez* une virgule). -- *Page* 38, lign. 1, & 2, est, cependant, le premier, *mettez* : est cependant le premier, -- même ligne, & suivante, le projet, si bien exécuté *mettez* : le projet, d'une si belle venue, (10 & 11 lignes après) : ce superbe projet, *mettez* : ce superbe dessein, -- *Page* 42, huitieme ligne de la note, dangereuse (*ajoutez* une virgule). -- *Page* 44, dernière ligne de la note : toute la vérité. *Effacez* : toute. -- *Page* 46, ligne 6, professées, *mettez* : professés.